AF451532

CATALOGUE

D'ESTAMPES

Anciennes & Modernes

AFFICHES

ESTAMPES EN LOTS

---

dont la vente aura lieu

à Paris, **HOTEL DROUOT**, Salle N° 8

Le Mercredi 10 février 1904, à 2 heures précises

Par le Ministère de M° MAURICE DELESTRE

COMMISSAIRE-PRISEUR

5, rue Saint-Georges

Assisté de M. LOYS DELTEIL, Artiste-Graveur, Expert

22, rue des Bons-Enfants

CONDITIONS DE LA VENTE

Elle sera faite au comptant.

Les acquéreurs paieront *dix pour cent* en sus des prix de l'adjudication.

M. Loys Delteil remplira les commissions que voudront bien lui confier les amateurs ne pouvant y assister ; il se réserve, en outre, la faculté de diviser ou rassembler les lots.

MM. les amateurs pourront voir les pièces isolées 22, *rue des Bons-Enfants*, le *Mardi 9 Février 1904*, de 10 heures à 4 heures.

N. B. — En raison de l'importance de la plupart des lots, l'ordre numérique ne sera pas suivi.

DÉSIGNATION

ARNOUT (Jules)

1. — *Excursions aériennes en ballon*, Paris, Jeannin, s. d. (Paris, Saint-Cloud, Versailles, Fontainebleau, Orléans, Rouen). Sept pièces sous couverture.

BÉJOT (Eugène)

2. — Croquis au Luxembourg. Trois pièces différentes. Très belles épreuves, *signées*.

3. — Bords de la Seine à Paris : Pont-Marie — Pont de l'Estacade — Bassin de l'Arsenal, etc. Cinq petites pièces. Très belles épreuves, *signées*.

4. — A Nogent-sur-Marne — Bassin de l'Arsenal — Le Porc attaché — Les Moutons égorgés — Bords de la Seine à Paris. Cinq pièces. Très belles épreuves, *signées*.

5. — Le Fiacre — Bords de la Seine à Paris — Notre-Dame. Six pièces. Très belles épreuves, *signées*.

BOUCHER (d'après F.)

6. — Neuf planches, allégories, pour : *Tombeaux des Princes, des grands Capitaines et autres hommes illustres qui ont fleuri dans la Grande-Bretagne vers la fin du XVIIe siècle.* In-fol. par N. Dorigny, C. N. Cochin, de Larmessin, Cars, etc. Très belles épreuves.

BOUTET (H.)

7. — Etudes de Parisiennes. Cinq pièces, trois *signées*.

BRACQUEMOND (F.)

8. — La Seine au Bas-Meudon — L'Eclipse — Margot la Critique —La Mort de Matamore, etc. Onze pièces.

BUHOT (F.)

9. — L'Illustration nouvelle, titre, 1877 — Le 20 mars au Palais des Champs-Elysées — Une Matinée d'hiver au quai de l'Hôtel-Dieu — L'Hiver, Place Bréda. Quatre pièces. Belles épreuves.

10. — Pluie et Parapluie — Un grain — Au Fil de l'eau — Vases japonais, etc. Onze pièces. Belles épreuves.

CALLOT (Jacques)

11. — Sujets divers. Cent quarante pièces. Originaux et copies.

CARICATURES

12. — Caricatures diverses, par Grandville, Bouquet, Traviès, etc.

CARRIÈRE (Eugène)

13. — Rochefort (Henri). Très belle épreuve sur japon, *signée* et *numérotée*.

CHAM et VERNIER

14. — Campagnes d'Italie et de Crimée — Actualités. Cent soixante-dix pièces.

CHARLET (N. T.)

15. — Sujets divers. Deux cents pièces.

CHÉRET (J.)

16. — Couvertures de livres, 4 motifs imp. sur la même feuille, épr. d'essai. — Tertulia, deux épr. d'état. Belles épreuves.

COSTUMES

17. — Costumes militaires divers. Cent trente pièces.

COURTRY (Ch.) et MALLET (P.)

18. — Retour du Marché, d'après Dameron — Paysage. Deux pièces in-fol. Très belles épreuves d'artiste, *signées*.

DAUMIER (H.)

19. — Juges des Accusés d'Avril — Représentans représentés — Scènes de Mœurs. Onze pièces. Belles épreuves.

20. — Scène de mœurs — Caricatures politiques. Cinquante-six pièces. Belles épreuves, une *avant la lettre*, plusieurs rares.

21. — Caricatures politiques — Scènes de mœurs. Cinquante-huit pièces.

DELACROIX, BRESDIN, BLANCHE, HUARD, DEZAUNAY, MAURIN

22. — Tigre couché — Paysage — Chiffonnier — Bretonne — La Captive — Enfant à la poupée. Sept pièces. Belles épreuves.

DEMARNE (Jean-Louis)

23. — Animaux. Six lithographies in-fol. Belles épreuves.

DESBOUTIN (Marcellin)

24. — Léon Maillard. Très belle épreuve, *signée*.

DIVERS

25. — Montant d'ornements (XVIe siècle) — Port d'Antibes, par Cochin et Le Bas, d'après Vernet — Camus, par Quenedey — Motif d'Eglise (Christ à la colonne), dessin — Fontaine monumentale (dessin). Ensemble cinq estampes et dessins.

26. — Sujets divers. Vingt-deux eaux-fortes et lithographies par Heidbrinck, P. Morel, H. Paul, Ranft, Léandre, etc.

27. — Apothéose de Marie-Antoinette — 15 Août 5 Mai ! — Sujets divers — Portraits. Trente-trois pièces par Denon, Charlet, Gavarni, etc.

28. — Scènes de mœurs — Sujets divers — Réductions d'affiches, etc. Trente-huit pièces par ou d'après Chéret, G. Noury, Jacque, Balluriau, etc.

29. — Sujets divers — Caricatures — Paysages. Quarante-deux pièces.

30. — Tapisseries de Reims — Ste-Amélie, par Mercuri — Sujets divers. — Dessins. — Vignettes. Quarante-cinq pièces.

31. — Sujets divers — Portraits — Paysages. Cinquante pièces.

32. — Sujets religieux — Scènes de genre — Portraits. Cinquante-sept pièces, par Martinet, Bazin, Follet, L. Flameng, Lorichon, etc., la plupart en épreuves d'essai.

33. — Paysages — Animaux — Sujets divers. Soixante-troix pièces, par Berghem, Waterloo, Boissieu, etc.

34. — Album de Rébus, d'après Madou — Sujets divers et Paysages, par Decamps, Raffet, J. Dupré, etc.

DORÉ (Gustave)

35. — A la belle étoile, sur le Pont de Londres (H. B. 8), épreuve d'essai — Marchandes de fleurs, à Londres (15). Deux pièces. Belles épreuves. Rares.

EAUX-FORTES

35 *bis*. — Chênes de Roche — Le Sergent rapporteur — Souven,r de Caen — Le Réveillon, etc. Cinq pièces, par Th. Rousseau, Hervier, Buhot, Meissonier.

36. — Portraits — Sujets divers — Paysages. Vingt-
quatre pièces, par Mme Mongez, Pujos,
Decamps, Fontaine fils, Trimolet, Jacque,
etc. Belles épreuves.

ÉCOLE ANCIENNE

37. — Sujets religieux — Scènes mythologiques, etc.
Soixante pièces par ou d'après Alb. Durer,
Lucas de Leyde, Pencz, Amman, etc.

ECOLES FRANÇAISE ET ANGLAISE

38. — Le Verrou — Le Billet doux — Le Concert
amoureux.—Le Bat— Come la Trovate ? Vues
de Fronville. Sept pièces d'après Fragonard,
Lavrence, Pater, Boucher, par Blot, De
Launay, etc.

39. — La mort a révélé le secret de sa vie, par Demarteau, d'après Cochin fils — Crucifix, d'après
J. A. Meissonnier, par P. Aveline. Deux
pièces. Belles épreuves.

40. — Le Verrou — Bessy Bell and Mary Gray — Ant.
Dubois — Le Nourisson, etc. Neuf pièces
d'après Fragonard, Harding, Boilly, Cor-
rège, etc., par Blot, Delattre, Bartolozzi,
Gautier, J. Vernet, etc., une imprimée en
couleurs.

41. — *Sensibility* — Têtes de Femmes — Caroline,
Reine de Naples — Lanv (L** M**), etc. Huit
pièces par Demarteau, Boutelou, Desplaces,
etc.

42. — Sujets gracieux — Scènes diverses. Vingt-et-
une pièces, d'après Greuze, Boucher, Wat-
teau, etc., trois à l'*état d'eau-forte*.

43. — Sujets divers. Vingt-huit pièces, d'après divers
artistes.

EDELINCK (Gérard)

44. — Du Laury (Remi), d'après J. Van Oost. (R. D.
188). Belle épreuve.

ESTAMPES ENCADRÉES

45. — L'Enfant prodigue, par H. Rivière — Compagnie française de Chocolats, par Steinlen — Sara Bernhardt, par Nicholson — L'Art du Rire, par Willette — Les Muses, par G. Auriol — La Vitrioleuse, par Grasset — Mineurs, par Ibels — Carnage, par De Groux — Scène de mœurs, par Forain. Dix cadres.

46. — Le Printemps — L'Eté, par Champollion, d'après Lancret — Le Monstre, par M. Lenoir — Le Courrier français, par Willette — Vol d'aigle, par De Groux — Royal Opéra-Comique, par Chéret. Six cadres.

FANTIN (H.)

47. — Vision — Brodeuses, 3ᵉ planche. Deux lith. in-4°. Belles épreuves.

48. — Composition pour Richard Wagner. Dix pièces (d'une suite de 14). Belles épreuves sur chine.

FORAIN (J. L.)

49. — Scènes de mœurs. Sept fumés. Belles épreuves. On y ajoute sept fumés, d'après Edm. Morin.

GAVARNI

50. — Petites Figures (M. et E. B. 1958, 1ᵉʳ état, RR) Titres de romances — Scènes diverses. Onze pièces.

GOENEUTTE (Norbert)

51. — La Bergerie, très belle épreuve, sur parchemin, *signée*.

GRANDVILLE

52. — Caricatures politiques — Scènes de Mœurs. Cent six pièces.

GRAVIER (Alexandre)

53. — En Yorkshire. In-fol. Superbe épreuve d'artiste, avec *remarque*, *signée*.

54. — Les Sapins, d'après Gittel. In-fol. Superbe
épreuve d'artiste, *signée*.

55. — La Fiancée du marin — Le Favori. Deux pièces
gr. in-fol. Superbes épreuves d'artiste, *signée*.

56. — Le lac — Tombant en ruine. Deux pièces in-fol.
d'après J. E. Grace. Très belles épreuves d'artiste, *signée*.

57. — Automne — Hiver. Deux pièces in-fol. d'après
Walton et Y. King. Très belles épreuves
d'artiste, *signées*.

58. — L'Ecole buissonnière — Soleil couchant. Deux
pièces in-fol. Très belles épreuves d'artiste,
signées.

59. — Sur la Tamise — La Marne à Champigny. Deux
pièces in-fol. Très belles épreuves d'artiste,
signées.

HABERT (Nicolas)

60. — *A l'Illustre et Inimitable Monsieur Masson,…
Graveur du Roy*. In-fol. Belle épreuve.
Rare.

HAID (J. J.)

61. — Sujets gracieux, d'après J. Longhi. Quatre pièces
in-fol. Belles épreuves à toutes marges.

IBELS — LAUTREC — VUILLARD

62. — Programmes du Théâtre Libre, 12 pièces — La
Vie muette — Affiches artistiques de Ar-
nould. — Rosmersholm. Quinze pièces.
épreuves.

ISABEY (d'après)

63. — Le Coup de vent, par Aubertin. Grand in-fol.
Belle épreuve.

JACQUE (Ch.)

64. — Paysages — Animaux. Quarante-huit pièces.

JAZET ?

65. — Je ne peins que l'histoire (Wellington chez le Peintre David). In-fol. Très belle épreuve à la *lettre grise, avant les noms des artistes, coloriée* et *gouachée*.

JEANNIOT (G.)

66. — La Vague — Méditation — Les Vieilles — La Toilette — Le Baiser. Six pièces. Très belles épreuves, deux *signées*.

LAUTREC

67. — Jeanne Granier. Très belle épreuve sur japon.

68. — Au Bord de la Mer. Très belle épreuve sur japon, *signée* et *numérotée*.

69. — Lavallière et Linder. Belle épreuve, *signée*.

70. — Ellos, frontispice — Le Charriot de terre cuite. Deux pièces. Belles épreuves.

71. — La Goulue et sa sœur — Conversation — (Edw. Ancourt) — Le Bal (pour *Germinal*). Trois pièces in-fol. Belles épreuves, *imprimées en couleurs*.

72. — Ellos, couverture — Titre de chanson — Jouets de Paris. Trois pièces, la 1re imp. en couleurs.

73. — Titres de Romances — Sarah Bernhardt dans Phèdre — Nib — Toutes ces Dames au théâtre. Vingt pièces, plusieurs *signées*.

LEGRAND (Louis)

74. — Cours de Danse fin de siècle, 1892 (E. R. 84-95). Suite complète, avec la planche *Salut militaire*. Très belles épreuves sur japon, *imprimées en couleurs*.

75. — Salut militaire (E. R. 95). Deux très belles épr. d'états différents, sur japon, *signées*.

76. — Prostitution (E. R. 64). Très belle épreuve sur japon, *signée*.

LEGROS (Alphonse)

77. — Dalou, sculpteur (Th. et P. M. 41). Belle
épreuve.

78. - Poynter, peintre (42). Belle épreuve.

79. — Le Baptême — La Charrue (81) — Le Manège.
Trois pièces. Belles épreuves.

LITHOGRAPHIES

80. — Portraits et sujets divers. Trente-huit pièces
par Gigoux, L. Cogniet, Diaz, Lancrenon,
Devéria, etc. Belles épreuves.

81. — Sujets divers — Paysages, etc. Quatre-vingt
quinze pièces par divers artistes.

82. — Batailles — Sujets divers. Deux cent-soixante-
dix pièces par Charlet, Raffet, Bellangé,
Vernet, Géricault.

MADOU (J. B.)

83. — Bruxelles — Environs de Bruxelles. Quinze
pièces, la plupart sur chine.

MARÉCHAL (François)

84. — Fin d'Hiver — L'Epave. Deux pièces. Très
belles épreuves, *signées*. Rares.

85. — Proposition — Tombée de nuit sur la Meuse
— Grande Verrerie — La Meuse, vue des
Glacis de la Citadelle. Quatre pièces. Belles
épreuves signées. Rares.

MAURIN (Ch.)

86. — L'Education sentimentale. Seize pièces et quatre
fac-simile.

MENUS

87 — Menus — Programmes — Cartes d'invitation.
Cent-dix pièces par divers.

MERYON (Ch.)

88. — Ministère de la Marine — Collège Henri IV.
Deux pièces. Belles épreuves.

89. — Vues du Vieux Paris, d'après Zeeman. Quatre pièces. Belles épreuves.

MORLAND (d'après **G.**)

90. — *Summer Amusement — Cottagers in Winter.* Deux pièces in-fol., par Th. Williamson. Belles épreuves *coloriées.*

MUYDEN (Evert van)

91. — Sedia del Diavolo — Animaux. Cinq pièces in-fol. Très belles épreuves, *signées* (sauf une).

ORNEMENTS

92. — DOLIVAR, DE LA FOSSE, etc. Serrurerie — Trophées — Panneaux Motifs divers. Quatre-vingt pièces.

OSTADE et BÉGA

93. — Scènes rustiques et Gueux. Neuf pièces.

PERELLE

94. — Paysages. Six recueils contenant environ neuf cents pièces.

PIÈCES HISTORIQUES

95. — Batailles. — Scènes historiques, (Révolution 1ᵉʳ empire). Vingt-trois pièces, plusieurs *avant la lettre.*

PIGUET (Rodolphe)

96. — La jeune mère. In-4°. Très belle épreuve d'artiste, imprimée en bistre, *signée.*

97. — Dʳ Gachet. — Alexis Martin. — F. de Soria. Trois pièces. Belles épreuves, *signées.*

PISSARRO (Camille)

98. — Les Canards. Très belle épreuve. Rare.

99. — Le Marché. — Les Glaneuses. — La Chaumière.
Trois pièces. Très belles épreuves.

PORTRAITS

100. — Portraits anciens. Deux cents pièces par
Moncornet, Edelinck, Ficquet et autres.
101. — Portraits anciens. Deux-cent cinquante pièces.
102. — Portraits anciens et modernes. Mille pièces.

RAFFET

103. — Il est défendu de fumer. (H. G. 385). Belle
épreuve.
104. — Mirabeau et de Dreux-Brézé. — Serment du
Jeu de Paume. — 5 et 6 Octobre. — La Fayette
arranguant le peuple. — L'Ivrogne. — Planche
de croquis. Six eaux-fortes. Belles
épreuves.
105. — Illustration de l'Armée Française, de 1789 à
1832. Dix lith. in fol. par Llanta et Midy.

RODIN (A.)

106. — Femme nue. Très belle épreuve tirée en deux
tons, numérotée.

ROPS (par et d'après)

107. — Adresse de Nys. — Le grand et le petit Trottoir.
Cabinet satirique. — Amusements des Dames
de Bruxelles, etc. Sept pièces.

ROQUEPLAN (C.)

108. — Sujets de genre. Suite de douze pièces (manque
la pl. 9), soit onze pièces. Belles épreuves
sur chine.

SARRABAT (I.)

109. — Basan de Flamenville, d'après H. Rigaud. Très
belle épreuve,

SCHEFFER (Ary)

110   *Croquis lithographiques, par Scheffer aîné —
       Paris, Mme Hulin, 1826.* Suite de six piè-
       ces sous couverture (Le jeune Malade — La
       Déclaration — Le vieux Pâtre — La Conva-
       lescence d'une mère — Allons !... — Morton).

STEINLEN

111. — Type populaire — Aux vrais pauvres, les mau-
       vais riches — Chanson — Bal de Barrière.
       Quatre pièces, la 1re et la 3me, *signées.*

VERMEULEN (C.) et PHILIPPE (P.)

112. — Luxembourg (Fr. de Montmorency, duc de) —
       La Trémoille (H. Charles de). Deux pièces
       in-fol. Belles épreuves.

VERNET (d'après Joseph)

113. — Marines et Paysages. Vingt pièces in-fol. par
       Aliamet, Daullé, R. Daudet, Masquelier, etc.
       Belles épreuves.

VIDAL (Pierre)

114. — Une Loge à l'Opéra — Au Café. Deux pièces,
       très belles épreuves. la seconde *imp. en cou-
       leurs, signée.*

VIGNETTES

115 — Vignettes du XVIIIe siècle. Cent soixante pièces.
116 — Vignettes pour Arétin, La Fontaine, Béranger.
       Cent trente pièces.
117 — Vignettes pour Voltaire, Rousseau, Boileau,
       Walter-Scott, etc. Quatre cent cinquante
       pièces.

VUES

118 — Vues de France. Cent trente pièces.

WILLETTE (Adolphe)

119 — Billet de naissance de G. A. Hériot — Adresse de Ch. Hériot — L'Amour malade? — L'Art du Rire, titre — Programme : matinée des Femmes de France — La Lithographie. Sept pièces, deux *avant la lettre*.

120. Le Carnaval en 1896 — Débarquement de la nouvelle année (1896) — La Vache enragée — Hommage aux Goncourt. Quatre pièces sur chine ou japon.

121. Programmes — Menus — Adresses — Sujets divers. Trente-huit pièces, un certain nombre de *fumés*.

WITTE (A. de)

122. — Etudes diverses. Sept pièces. Belles épreuves.

DESSINS

ANDRIEUX-COINDRE-MYRBACH-WILLETTE

123. — Le Chat botté, de Perrault, 6 dessins — Compositions diverses et croquis. Vingt-quatre dessins.

LAPIERRE (Charles)

124. — Croquis divers, Vingt-quatre dessins et croquis.

LEGILLON (Jean-François)

125. — La Chaumière entourée d'arbres. A la plume, lavé d'encre de chine.

STEINLEN ? — GRASSET — DE FEURE

126. — L'Œuvre, projet de frontispice — Etudes de tentures orientales. Croquis divers, onze dessins ou croquis, deux rehaussés d'aquarelles.

AFFICHES

AMAN JEAN — BONNARD — BOTTINI

127. — Beatrix — France-Champagne — Revue blanche — Cycles Médinger. Quatre affiches.

CENT (Salon des)

128 — Affiches par Jossot, Grasset, Cazals, Willette. G. Roullet, etc., Vingt-deux affiches.

CHERET (J.)

129 à 150. — Les Coulisses de l'Opéra — Zezette — Musée Grévin — 4ᵉ Exposition Blanc et Noir — Casino de Paris — Paris-Courses — Jardin de Paris — Loïe Fuller — Fleur de Lotus — La Danse du Feu — Le Miroir — Le Pays des Fées — Le Château de Tire-Larigot — François les Bas bleus — Premières armes de Louis XV — Françoise de Rimini — Le Portrait — La Cigale Madrilène — Vivianne — Les Misérables — Velléda — L'Arche de Noë — Les Deux Pigeons — Mam'zelle Gavroche — Boule de Neige — Saxoléine, 3 pl. diff. une *avant le texte* — Palais de Glace, 2 pl. diff. — Halle aux Chapeaux — Cacao Van Houten — Œuvre de l'Hospitalité de nuit — Ambassadeurs — Cosmydor Savon — Victimes des Sauterelles d'Algérie — Montagnes Russes — Auvergne — Paris-Chicago — Œuvre de Rabelais — Loïe Fuller — Sirop Vincent — Revue fin de siècle — Les Premières civilisations — La Closerie des genêts — Bigarreau — Magie noire — Théatrophone — P'tit Mi — Carnaval 1892 — Le Monde Artiste — L'Infâmant — Purgatif Géraudel — Pantomimes lumineuses — L'Amant des Danseuses — Jardin de Paris (Arc-en-ciel, *avant la lettre*) — Pastilles Géraudel — Palais de Glace — Buttes-Chaumont — Danseuses 2 pl. *(avant la lettre)* — L'Auréole du Midi — Femme à la

cigarette *(avant la lettre)* — Montagnes russes — Pastilles Géraudel — L'Hiver à Nice — Au Petit St-Thomas — Fête d'Anvers — Paris — Françoise de Rimini 3 exempl. — La Tzigane, 2 exempl. — Tabarin — Bigarreau Bourguignon — Le Miroir — Monaco — Musée Grévin — La misère des Enfants trouvés — Casino d'Enghien — L'Enfant prodigue — La Tarentule — Cabaret du Chien noir — Les deux Pigeons — Tabarin — Le Roi malgré lui — La Farandole — Polyeucte — Drame de Pontcharra — Scaramouche — L'Homme qui rit — Mme Sans-gêne — Aux Buttes-Chaumont, 1888 — Alcazar d'Eté — Palais de Glace — Kanjarova — Closerie des genêts — Louvre, jouets — L'Echo de Paris — Arts Incohérents — Casino de Paris — Cigarette Job — Françoise de Rimini — Mamz'elle Gavroche — Viviane, 2 exempl. — Auvergne — Aux Buttes-Chaumont — L'Argent, Zola — Les Damnés de Paris — Dames hongroises — Le Rapide — Le Rappel — La Terre — Recoloration des Cheveux — Le Juif errant — Courte et Bonne — Bullier — Mystères de Paris — Figaro illustré — Cabinet fantastique — Blanc et Noir — Carnaval de 1894 — (Bal des Etudiants, *avant la lettre*) — Blanc et Noir, 4e exposition — Bonnard-Bidault — Exposition Willette — Bal du Moulin Rouge — Glycerine tooth-paste — Exposition des Incohérents — Montagnes Russes — Paul de Kock — Le Droit du Seigneur — Fête de Charité — Fête des Fleurs, Bagnères — Apéritif Mugnier — Courrier Français *(avant la lettre)* — Alcazar d'Eté — Opéra — Carnaval, 1896 — Souvenirs de l'Exposition, 1889 — Une jeune Marquise — Pour nos Marins — La Salamandre — La Diaphane — La Juive — L'Etendard français — La Gomme — La Foire de Séville — Cabaret Roumain — Maquettes animées — Grand théâtre de l'Exposition — Courriers Français (neuf suppléments), etc. Cent cinquante affiches.

DAUMIER (H.)

151. — Entrepôt d'Ivry.

DE FEURE — ANQUETIN — CARAN D'ACHE

152. — Marjolaine — Les Montmartroises — Chimères
et Grimaces — Paris-almanach, Sagot —
Camille Roman — Le Diablotin - Margue-
rite Dufay — Le Rire — Exposition Russe.
Neuf affiches.

DORÉ (d'après Gustave)

153. — Œuvres de Rabelais.

DUDLEY - HARDY   BERGSTAFF

154. — Cinderella — Drury Lane — Cher Boys, Cher
Trois affiches.

EVENEPŒL

BERCKMANS — RASSENFOSSE — STEVENS

155. — Grand Concert de Charité, Liège — Huile
Russe — Ostende — Tillbury — Eugénie
Buffet. Quatre affiches.

FORAIN (J. L.) — JEANNIOT

156. — Deuxième Salon du Cycle — La Parisienne du
Siècle — Le Figaro — Le Quotidien illustré.
Quatre affiches.

GRASSET

157-158. — Jeanne d'Arc — Exposition Internationale
de Madrid — Cycles Georges Richard —
Le Cavalier Miserey - Chocolat Mexicain,
3 exempl. — A la Place Clichy, 2 exempl.
— La Valkyrie — Dépôt de chocolat Masson — Histoire de France de Duruy — Encre Marquet, 2 exempl. — La Valkyrie —
(Femme aux iris, *avant la lettre*). Quinze
affiches.

GRUN — LEFEVRE — LAPIERRE — BAYLAC

159. — Cabaret, le Carillon — Divan Japonais —
Wast Myrrha — Valérie Léotti — Emilienne
de Serre — Pygmalion. jouets — Associa-

tion Toulousaine — Le Fils de la nuit —
Electricine — Casino de Paris — Laveïne
— Cirare Jacquand. Treize affiches.

GUÉRARD (Henri)   IBELS

160. — Exposition H. Guérard, 2 pl. différentes — Irène
Henry — L'Escarmouche. Quatre affiches.

GUILLAUME

161. — Feuillantine — Grands vins mousseux Fleury
— Delion, 2 exempl. — Casino des Lilas
— Cirage végétal — (L'Homme au Cha-
peau, avant la lettre) — Peugeot — La
Mauresque — Bière St-Germain — Dix
affiches.

JOSSOT

162. — Tout abonné du Journal Le Matin, peut ga-
gner — La Critique — Pains d'épices Auger.
2 exempl. Quatre affiches.

LAUTREC

163-164. — La Revue blanche — Reine de joie — Jane
Avril, 2 exempl. — Babylone d'Allemagne
— Bruant, 2 exempl. — Ambassadeurs — La
Goulue — Caudieux — 2' volume de Bruant
— Divan japonais. 2 exempl. Treize affiches.

MEUNIER (Georges)

165. — Fêtes de la Presse Parisienne — Normandie et
Bretagne — Crème Eclair — L'Excellent
consommé, 2 exempl. — Pastilles Prunet
— Cognac Larronde — Lox — Bec Auer.
Neuf affiches.

MOREAU — NÉLATON

166. — Palais des Beaux-Arts (Champs de Mars 1897)
— Les Arts de la Femme — St-Jean-du-Doigt
— Travailleurs de France — Messidor —
Cinq affiches.

MUCHA

167. — Gismonda — Monaco — Amante. Trois affiches.

NANTEUIL (Célestin)

168. — Don César de Bazan.

PAL-BAC

169. — Valse merveilleuse des Dante — Folie-Bergère
— Loïe Fuller, double motif, 2 exempl. —
Folies-Bergère - Olympia — Loïe Fuller
— Mémorial de Ste-Hélène — Loïe Fuller.
Neuf affiches.

·PUVIS DE CHAVANNES

170. — Centenaire de la Lithographie.

RŒDEL - ROBBE (Manuel) - MÉTIVET

171. — L'Eclatante — Eugènie Buffet (*avant la lettre*)
— Cortège du Moulin Rouge. Trois affiches.

SCHAWBE (Carloz) — VALLOTTON

172. — Audition Guil. Lekeu, 1899 — Salon Rose
Croix, 2 exempl. — Ah ! la pé...pinière.
Quatre affiches.

STEINLEN

173. — Le Chat noir — Lait stérilisé — Mottru et
Doria — Yvette Guilbert — Chansons de
Femmes — Nestle's Milk — Opéra antique
(*avant la lettre*). Sept affiches.

WILLETTE (Ad.)

174-175. — Matinée artistique de la Patrie et de la
Presse — Cacao van Houten, 2 aff. différentes — Exposition Internationale, 2 exempl.
— Petit National — Elections législatives,
1889 — Elysée-Montmartre — L'Enfant prodigue, 3 exempl. Onze affiches.

176. — Sous ce numéro il sera vendu par lots,
environ Sept cents affiches par divers artistes.

177. — Sous ce numéro il sera vendu par lots, environ
quinze mille estampes anciennes et modernes.

IMP. FRAZIER-SOYE, 153, RUE MONTMARTRE. PARIS